바람의 등뼈

바람의 등뼈

김상현 시집

116

문학수첩
시인선

문학수첩

아직 늦지 않았다.
언어가 심장에서 철철 흘러
강을 이루는 꿈을
대낮에도 꾸자.

김상현

바람의 등뼈

세상을 떠난 사람들은 모두 별이 되었지만
할머니는 고집스럽게 바람이 되셨다

모두 하늘을 우러르며 소원을 빌 때에도
허리 굽은 우리 할머니는 땅에 소원을 빌었다

하늘에는 하느님이 사시는 곳이라며
뻐꾹새 울면 참깨 파종하고
살구꽃 필 때 수박씨 심으며
사람은 흙을 파먹고 사는 것이라 말씀하셨다

허리 굽은 우리 할머니는 하늘의 별보다
흙 비집고 나오는 굼벵이와 더 친했다

오늘은 아침부터 뻐꾹새 울자

바람이 된 우리 할머니는 굽은 허리를 곧추세우고
참깨 밭 언저리를 서성이시다 돌아가셨는지
참깨 깻단이 넘어져 있구나.

택배

나를 보냈습니다
겉봉에
흔들거나 던지지 마세요
라고 써서 보냈습니다

자칫 깨지기 쉬운 나를
보내면서 두렵고 떨리는 마음이었습니다

그에게서 답이 왔습니다
깨진 나를
깨진 채로 받았다고 합니다

추신으로
깨져 있는 내가 훨씬 아름답다고 쓰여 있었습니다.

즐거운 거짓말

그는 친절했다

너무나 다정다감해서 그의 정체를 알면서도 전화를 끊을
수 없었다

그가 내 주민번호와 통장번호를 물었다

나는 통장번호를 기억할 수 없지만

친절하게 알려주었다

기뻐하는 그의 음성을 들으니 나도 기뻤다

그는 나를 만만한 존재로, 넉넉한 밥으로 여기며

연인처럼 속삭였다

통장 비밀번호를 불러주세요

나도 연인에게 속삭이듯

순순히 알려주었다

그는 예의 바르게 인사를 하며 전화를 끊었다

유채꽃밭을 향해 질주하는 한 마리 나비가 보였다

오죽했으면 그 일을,

살기가 얼마나 팍팍했으면 그 일을,
생각하니 말로 벌어먹는 사람이 어디 한둘인가
쓸쓸해진다
비록 잠시지만 그에게 행복을 안겨준 일은
잘 한 일이었다.

경매

당신을 경매합니까
내가 사겠습니다
경매의 마지막, 아무도 당신을 사지 않을 때
비싼 값을 치르고 당신을 사겠습니다
아무 걱정하지 마세요
당신은 멀리 팔려가지 않아요
라일락꽃 그늘보다 향기로운 여기,
함께 손잡고 걷고 싶어서
내가 당신을 사겠습니다
혹 내가 경매에 나오게 되면
당신이 나를 사십시오
다른 사람이 나를 만지지 못하게
당신이 먼저 사십시오.

산사山寺 돌계단

중생의 무게를 묵묵히 받아주는

절간을 오르는 돌계단이 바로

누워 있는 부처님이시다.

꽃 지니 참 좋다

친구야
봄 꽃 지고 나니 참 좋다
봄볕에 찰방대던 가벼움이 사라지고
오히려 차분해져서 참 좋다

친구야
봄 꽃 지고 그 자리 새잎 나니 참 좋다
부질없는 설렘으로
마음 빼앗길 리 없어 좋다

친구야
꽃자리 흔적조차 없이 지워져서 좋다
그 자리에 잎 푸르니 참 좋다
무엇보다
꽃향기 탐하지 않아서 참 좋다.

삶

사막의 낙타가 눈물을 흘리는 것은
슬퍼서가 아니라
눈에서 모래를 씻어내기 위함이다

삶이란 이처럼 처절한 것이니
그대, 어디에도 마음 쓰지 마라

그래도 눈물이 나거든
쓰라렸던 하루를 씻어낸다고 생각하라

삶이란 묵묵히 모래언덕을 걷는 일이다.

길이 사람을 부른다

길이 있어 그 길 가보면
무수한 발자국이 길을 만들고 있다는 것,
내 기쁨은
나도 그 위에 발자국 하나 더하는 것,
더 놀라움은
길이 그 많은 발자국을 기억하고 있다는 것,
발자국으로 발자국은 덮이어 있어도
길은 발자국의 무게에 담긴 사람의 생각을 고스란히
간직하고 있다는 것,

길이 있어 그 길 다시 가보면
내 슬픔은
누군가의 발자국 위에 발자국 하나 더하는 것.

빈센트 반 고흐의 낡은 구두가 있는 풍경

빈센트 반 고흐의 낡은 구두 한 켤레가
아슬아슬하게 신축공사장 지지대 위를 걷는다

빈센트 반 고흐의 또 다른 낡은 구두 한 켤레가
고양이처럼 조심스럽게 지붕 위를 걷는다

빈센트 반 고흐의 또 다른 낡은 구두 한 켤레가
벽돌을 지고 좁은 나무계단을 오른다

점심시간, 함바집에 모여든
빈센트 반 고흐의 낡은 구두들이 밥을 먹는다

구두 콧등에 떨어지는 땀방울
빈센트 반 고흐의 낡은 구두를 벗어버릴 수 없는 위태로
운 풍경.

고소공포증

쉿, 내가 고소공포증인 줄 아무도 눈치채지 못했다
하늘이 깊어 평소에도 나는 불안하다

벗 몇몇은 깊은 하늘에 빠져 볼 수 없고
몇몇은 아슬아슬하게 하늘가를 걷고 있다

아래가 무서운 것은 나뿐이겠는가
제 몸의 수천 길 되는 까마득한 땅을 내려다보는 꽃들은
얼마나 무서우랴

꽃들은 눈을 감고 흔들린다

위태롭기는 외줄 타는 거미도 마찬가지다
  먹이를 사냥하기 위해서는 수천 길 높이의 외줄에 매달
려 살아야 하는

고층건물 유리벽 닦기

당신의 일터는 모두 까마득한 높이에 있는

마나슬루 봉을 오르다 발을 헛디뎌 크레바스에 빠져 돌
아오지 못한
    당신들
    당신들

쉿, 고소공포증을 아무도 눈치채지 못하게 살자.

어머니 말씀

−몸에 검버섯이 피었네요
어머니 손등을 어루만지며 내가 말하자
귀가 어두운 어머니는
−봄에는 버섯보다 나물이 좋아야
라고 말씀하신다

검버섯 핀 어머니에게
여전히 봄은 싱싱하다

오늘은 무심코 내 손등에 핀
검버섯을 보면서
−봄에는 버섯보다 나물이 좋아야
라고 하신 어머니 말씀을 다시 생각하니

귀 어둡기는 어머니가 아닌

나였구나

몸이 봄이라는 깊은 뜻이 담긴

어머니 말씀.

농병아리 집짓기

농병아리가 둥지를 튼다
지푸라기를 물어다 얼기설기 튼다
도움 없이 혼자서 튼다
알을 품을 크기로만 튼다
"집은 저렇게 지어야 한다"는 어머니 말씀

농병아리가 알을 품는다
소나기에 꼼짝하지 않고 알을 품는다
도움 없이 혼자서 품는다
새끼들 깨어나자 둥지를 버린다
"집은 저렇게 버려야 한다"는 어머니 말씀

농병아리 빈 둥지 물 위에 떠다닌다
한가롭게 떠다닌다
둥지를 트는 다른 농병아리들은

남이 버린 빈 둥지를 탐하지 않는다
"집은 저래야 한다"는 어머니 말씀.

풍신風身을 보았다

어머니는 아버지를 풍신風身이라 불렀다

두 분 다 돌아가신 지가 십 수 년,

어머니가 말씀하시던 풍신의 실체를

오늘 나는 보았다

참나무에 붙어 있는 매미의 탈피각,

몸속 모든 것을 비우고

빈 몸속에 바람만 가득 채운 모습으로

쓸쓸하게 남겨져 있는 풍신,

그렇다

아버지는 바람이었고

어머니는 바람을 기다리다

생을 마감하셨다

오늘 나는 풍신의 쓸쓸함을 보았다

풍신에서 빠져나오는 한 가닥 바람소리를 들었다.

어머니의 연鳶

어머니 주름에 걸린 연
쓸쓸히 나부꼈네

아주 옛날
고향마을 팽나무에 걸린 어린 내 연

세월은 가고
그 팽나무 빈 가지에 여전히 걸려 있는
마음의 상처

세월은 가고
내 가슴에 걸린 어머니
쓸쓸히 나부끼네.

광서리 이장댁 며느리

광서리光薯里 이장댁 며느리는
햇빛 속에서 전기를 캐내어 전력회사에 판다

시어머니가 밭두렁에서 감자를 캐내
농협공판장에 내다 팔듯
이장댁 며느리는 전기를 판다

지난해는 가뭄이 들어
감자농사를 망쳤다며
한숨을 내쉬던 시어머니처럼
이장댁 며느리는
날씨가 궂어 햇빛이 안 좋았다며
내다 팔 발전량을 걱정한다

올해는 다행히

감자밭에도 태양광 패널에도 햇빛이 쏟아져

작황이 좋았다며

이장댁 고부는 활짝 웃는다.

새로운 갈비뼈

신은 인간을 만들고
인간은 스마트폰을 만들다
신은 아담이 독처하는 것이 가엾어
아담의 갈비뼈로 하와를 만들고
인간은 하와를 버리고
신의 갈비뼈로 스마트폰을 만들다
지금 스마트폰에 대한 인간의 고백은
"내 뼈 중의 뼈요 살 중의 살이다"*라고 하지만
신이 인간을 버린 후
평화를 누리듯
인간은 스마트폰을 버려야만
평화를 누릴 것이다
그때까지는
그가 제공하는 모든 정보로 노동은 증가하고
신이 없이는 살 수 없었던 시대처럼

그가 가라는 곳으로 가고

그가 없이는 하루도 살 수 없는 날들이 계속되리라

그때까지는

인간에게 평화는 없으리라.

* " "는 성경 창세기2장에서 가져옴.

포맷

그가 포맷됐다

존재가 사라진 질료가

포맷되기 전에 아내였던 여자에게
−누구세요?
존재에 관한 질문을 던진다
−당신 아내예요
대답은 그에게서 순식간에 포맷된다

밥을 먹고 다시 밥을 달라 한다며
간병인은 불평하지만
냉정한 진실은
튜브 속에 물질을 구겨 넣는 거다

포맷상태는 흰색인가 어두운색인가

두려워할 것 없다

포맷은 죽음 전 단계로

질료가 되는

우리가 이해할 수 없는 은총이다.

위태로운 뇌

사람들은 저마다 뇌를 손에 들고 다니거나
주머니에 넣고 다닌다
전철이나 커피숍에서 뇌를 꺼내 들여다보며 낄낄거리기
도 한다
영락없이 집단 조현병에 걸린 모습이다
뇌를 잃어버리면 살아 있지만 죽은 상태다
갑자기 치매상태가 되어버린다
뇌도 수명이 있다
뇌하수체가 삐져나오면 큰일이다
뇌의 용량을 늘리는 일은 간단하다 IT기업이 조물주를
대신한다
노인들도 새파랗게 젊은 뇌를 선물 받아 즐긴다
이들은 사람의 살 냄새가 싫어지면
본격적으로 뇌를 꺼내 장난을 치며 논다
중독성 뇌가

위태롭기 짝이 없다.

필통을 관조하다

허공을 향해 창을 세운 저 촉들은
제 몸으로 쓴 수많은 글들을 기억하고 있을까

펜이 칼보다 강하다는
자조적인 말을 하지 마라
어떤 언어들은 제 몸에서 떨어져 나와
캄캄한 우주에서 미아가 되어 떠돌고 있다

보아라
저 촉들의 목마름을,
연필의 심은 새까맣게 타들어가고 있다

아직 늦지 않았다
언어가 심장에서 철철 흘러 강을 이루는 꿈을
대낮에도 꾸자

오늘은 필통을 향해

두 손을 모으며

허접한 글에 대해 용서를 빈다.

다른 생의 몸짓에 관한 보고서

낙엽은 서로 다투며 눕는다
누울 뿐 아니라 지상에 떨어지는 운명을 기뻐한다

잎사귀의 꿈은 푸름이 아닌 짙은 갈색이다
무수한 갈색 눈들이 누워 하늘을 향해
자유를 주신 분을 찬미한다

사색에 잠긴 숲길에서 고요보다 깊은 함성을
듣는다
사랑이다

신들이 일손을 놓고 졸음을 즐기는 나른한 시간에
나는 낙엽을 밟아 숲의 정령을 깨운다

낙엽의 시선이 일제히 도시에서 탈출한

직립의 짐승을 응시한다

한 생애가 마침표를 찍었다는
어제 받은 부고처럼 한 잎 낙엽으로 떨어진다.

바람은 불어 새 떼처럼 그들끼리 목말을 태우고
속삭인다
역시 사랑이다

산 자들의 허술함이 이토록 민망한 것인가
전혀 다른 생의 몸짓에서 신의 언어를 읽는다.

소회

젊음에게서 겨우 도망쳐 나왔네

도망쳐 나오느라 눈도 흐려지고 이빨도 망가졌지만

나는 안도하네

너무 멀리까지 도망쳐 나온 건지

발치에 꽃을 던지던 자들도 이제는 보이지 않고

나 역시 부재한 이들의 안부를 묻지 않는다네

결코 뒤돌아보거나 뒤돌아가고 싶지 않은

욕정이 구렁이처럼 도사리고 있던 젊음,

육체가 더 이상 나를 괴롭힐 수 없는 멀리까지 와서야

산등성이에 휘날리는 늦가을 억새와

높새바람에 쓰러지는 저녁노을의 신비로움을 보게 되었
네

나는 억새꽃 머리칼을 쓸어 올리며

탈출의 기쁨에 찬 노래를 흥얼대고 있네

남은 시간은 틈틈이

아직 젊은 벗들에게 곡진하게 편지를 써

시큰거리는 관절염처럼 몸으로 느끼는 자유를 알리고 싶네.

사랑이라는 바이러스

아직 백신이 개발되지 않은 바이러스,

수없이 행한 임상실험에서 실패한 병원체,

그 뿌리가 태초의 인간창조 때부터 생긴

항체가 형성되지 않는 내성을 지닌 바이러스,

인간의 진화에도 빠르게 적응하며 생존해 온 바이러스,

감염률이 높고 열병과 광기를 동반하는 악종으로

증세로는 눈물이 섞인 시와 노래를 동반하는 바이러스,

광학현미경으로도 관찰되지 않는 인간의 심연 속에

들풀처럼 거칠게 자라다가 불꽃으로

활활 타오르는 종잡을 수 없는 바이러스,

죽음을 용감히 선택할 정도로 인간을 무모하게 만드는
바이러스,

육신은 죽어도 기억 속에 남아 사람들에게 전이되는 바
이러스,

인류의 대부분은 감염되었지만 결코 치료를 거부함으

로써

　창궐하는 바이러스

　오, 미친 사랑이여.

스마트폰은 죽지 않는다

존경하는 스승님도 돌아가시고
가까웠던 시인들도, 벗들도 세상을 떠나고
사랑하던 누이도 죽은 지 한참이 지났는데
그들의 분신인 스마트폰 전화번호는 살아서
마치 장기를 이식하듯
다른 사람 몸속에 들어가 살아 있다
어떤 날은 그 번호로 전화해 보면
봄날 햇볕 튀듯 활달한 목소리로
자꾸만 누구시냐고 내게 묻는다
다행히 내 누이는 스무 살쯤 청년으로 환생했는데
우렁찬 목소리를 들어보니
다시는 아프지 않겠다
내게 누구냐고 묻지 마라
내 스마트폰에 (알 수 없음)으로 남겨져 있듯
환생한 당신들은 전생을 알 턱이 없다.

오타誤打

당신을 사랑한다는 것
곁에 있어달라는 것
오타였습니다

오타를 정정하느니
차라리 지우는 게 나아서
용서를 빕니다

빈말은 아니었는데
결과를 놓고 보니
오타였습니다.

이별에 관한 조언

내가 말하는 것은
말을 잊지 않기 위함이며

내가 걷는 것은
걸음을 잊지 않기 위함이며

내가 당신을 그리워하는 것은
당신을 잊지 않기 위함이다

울지 마라
울면 슬픔을 잊을 수가 없는 법

잊지 않는 것보다
잊는 것이 결코 쉽지 않지만

떠나보내는 것으로

그대 최후의 결단을 하라.

어떤 사별

네가 죽었다

내가 너의 심장이었는데

너는 스스로 심장을 꺼내 내게 돌려주고

기꺼이 죽었다

내가 눈물로 만류했지만

심장이 없이도 살 수 있다며

너는 단번에 심장을 꺼내서 내게 주었다

네 무덤자리가 내 가슴이었는데

넌 묻히는 것을 원치 않고

스스로 풍장을 치르겠다며

겨울바람 속으로 들어갔다

나는 받아든 심장을 두 손에 들고

망연히 너의 뒷모습을 바라보는데

내 영혼에 아픈 칼끝이 지나갔다

죽어야겠다고 말했던 것이

빈말이 아니었다며

오늘 네가 내 앞에서 죽었다.

사소한 죽임

내 등을 노려보는 그가
내 등에 수없이 화살을 꽂는다
나는 그렇게 수없이 죽임을 당한다
그들이 누구인지 알지 못한다

나도 예외가 아니다
자주 내게 사기를 친 업자를 죽인다
그를 두둔한 재판장을 죽인다
내가 그들을 찾지 않았는데
그들은 죽기 위해 불쑥불쑥 내 앞에 선다

이제 그만 죽이게 해달라고
기도를 하는 중에도 죽인다
기도와 죽이기를 반복하다가
때때로 내 자신이 과녁이 되기도 한다

아주 작은 일에도 나는 나를 죽이며
분노하다

죽인 것들이 다시 일어나 걸어온다.

그림자

무거워서 그를 내려놓은 것이 아닙니다

그는 나를 대신해 속죄하느라
누워서 걷습니다

허튼 나의 욕망을 참회하느라
가장 낮은 곳에 누워 있습니다

그러고도 내 모든 허영과 허식을 참회하느라
무채색의 검은 옷을 입었습니다

나는 사소한 일에 웃거나 울지만
그는 묵묵히 깊은 성찰에 잠깁니다

동반자인 그는 나를 빛이라 치켜세우고

자신을 그림자라 낮춰 부릅니다.

시인의 얼굴

내가 그린 시인의 얼굴들
지금 전시 중이다

모두
흰 벽에 바짝 누워
허공을 본다

대개는 흰 이빨을 드러내 놓고 웃어 보이는데
진짜 웃고 있을까

눈매는 환한데
가슴에 맑은 꽃 피어 있을까

자꾸만 흰 벽 속에 감추어져 있는
후두부가

나는 궁금하다.

술병

쓰러져 있다
나뒹굴고 있다

술병은 술을 머금고 있을 땐 취하는 법이 없고
술을 비우고서야
제 몸을 가누지 못해 쓰러진다

그렇다

제 몸을 비우지 못하면
쓰러져 나뒹구는 슬픔의 의미를 모른다

쓰러진 빈병의 외로움을
이해하지 못한다

빈 술병이야말로 달관達觀의 자세다.

틈새가 생명을 키운다

어수룩한 당신
허점투성이인 당신

당신의 틈 사이로
꽃이 핀다

틈에 낀 먼지와 곰팡이와 이끼에 뿌리를 내린
당신
꽃으로 핀다.

혀에 관한 반성문

나는 오늘 당신을 만났다

만나기 위해 내가 갔다

나의 이기는 당신의 귀를 만나고 싶었다

그런데 내가 만난 것은 당신의 혀였다

당신의 혀에 화상을 입고 돌아와서

나는 귀를 매만져 보았다

그동안

내 귀를 원해 찾아온 사람들에게

정말 미안하다

누군가를 위해

이제는 귀를 비워두기로 한다.

바람과 나

바람이 나뭇잎을 밟듯
나 낙엽을 밟네

쓸쓸한 바람소리
그 의미를 이젠 알겠네

바람이 하늘을 밟듯
나 하늘을 밟네

머잖아
나 잎새를 밟는 바람이 되었네.

보다 깊은 동사

나는 돌멩이에서 침묵하는 하나님을 본다

나는 가을바람에 쏟아져 내리는 상수리 나뭇잎에서
하갈의 눈물을 본다

예수가 머리를 파묻고 고뇌하는 빈 벤치를 본다

무덤에서 부활해서 내 속에 들어와 있는 어머니를 본다

그렇다 사랑하는 자만이 나를 볼 수 있다.

거미와 기하학

인간은 학문을 통해 기하학에 접근하지만

거미는 항문으로 기하학적인 집을 짓는다

거미가 제 몸 속에 실 꾸러미를 만드는 동안

인간은 끝없는 욕망으로 더욱 결핍해져

해질녘 하루살이 날파리 몇 마리에 족하는 거미를 배우
지 못한다

선線은 폭이 없는 길이라는 유클리드*의 이론을 실행해
보이는

아주 어린 거미에게서조차 인간은 배우지 못한다

결국 인간의 학문은 거미의 항문보다 초라하다.

* 유클리드: 그리스의 고대 수학자로 기하학의 아버지.

변기에 관한 명상

사람들은 왜 변기를 사랑하지 않는가

늙어가는 개나 고양이를 사랑하면서
젊은 변기를 사랑하지 않는가

사람들은 왜 가장 친밀한 사이인 변기를
무시하는가

사람들은 왜 배설된 오물을 받아주는 변기를
냉대하는가

몸을 닦을 때마다
변기를 닦으며
몸과 변기가 한 몸을 이룬 행복한 순간을 기억하고

변기를 축복한다

변기는 찻잔보다 밥그릇보다 그 무엇보다
사랑해야 할 대상이다.

녹용의 효능

스트레스해소, 피로회복, 보혈작용, 부인질환예방,

골다공증치료, 골절유합촉진, 체력보강, 면역증강,

두뇌활성화, 어린이 성장발육

당신이 제 몸을 위한다며 혈관덩어리인 사슴의 뿔을 절
단할 때

사슴의 비명

사슴의 눈물

사슴의 고통

생각해 본 적이 있는가

타자의 고통으로 지탱되는 당신의 몸에
차가운 피가 돌아도 되겠는가

사슴의 여윈 다리로 풀밭을 뛰어다니는 것이야말로

세상과 싸울 뿔을 주신
신의 가호.

개펄정토

냄비 속에서
바다는 펄펄 끓어오르고

조개들은 알루미늄 바닥에 엎디어
나직이 말하기를
열반하는 중이야
조금만 참자
이 뜨거움이 지나가면
푸른 바다 정든 개펄로 돌아가는 거야

조개 즙이 우러나온 칼국수를 먹는 순간에도

조개들은 뜨겁게 부둥켜안고
나직이 말하기를
바다로 가는 길이 이 길뿐이야

곧 개펄정토에 당도할 거야

조금만 참자

허겁지겁 국숫발만 몇 가닥 건져 먹고

자리에서 일어서면서

나는 처음으로 개펄정토를 보았다.

아버지들의 별

TV에서 봤어요
고성능 카메라로 찍은 화성은 온통
황토였어요

혼자서
아버지는 황토밭에 고구마를 심고 계셨어요
꿈이었어요

천국에 계신 줄 알았는데
화성에 가 계셨어요

우주에선 그리 멀지도 않은 그곳에
계셨어요

한 번도 비료를 주지 않은 순결한 땅에

생명을 가꾸며 계셨어요

우주에 많은 별들이 있는 이유가
집 떠난 아버지들을 위해서라는 것을 알았어요.

계사繫辭에 관한 명상

~지다는 앞에 붙는 명사인 낙엽을 밟고 걸으며 계사를 명상하네. 시각과 청각을 통해 ~보다, ~듣다로 천지를 즐기는 데 그치지 않고 ~들이다, ~잡다로 자꾸만 탐욕적인 유혹을 받네.

~먹다는 식탐에 만족하지 않고 인간의 욕망이 잠시 머무는 ~하고 있다는 계사가 나와 대면하네.

이 모든 것도 ~이다, ~있다는 존재를 하이에나처럼 뜯어먹다 결국 한순간에 번개처럼 나를 가르고 지나갈 죽는 것이다에서 모든 것이 끝나버린다네. 모든 계사가 일순간에 멈춰버린다네.

이상한 사랑의 등식

2022년 9월 23일 자 신문에 난 기사는
어느 시인이 카페 여종업원에게
"너를 사랑했다"는 장문의 시로 사랑을 고백했다가
여종업원의 고발로 집행유예 선고를 받았다
그는 억울하다며 그녀를 다시 찾아갔다가
보호관찰 명령을 받았다
그 기사 밑에
"너를 신고했다"는 댓글이 달렸고
수많은 사람들이 이 댓글에 동의한다며 하트를 날렸다
사랑고백이 신고대상이 되는 세상에서
시인들이여
함부로 사랑한다는 편지는 쓰지 마라
억울해도 찾아가지 마라
그것은 70년대에나 통하던 버전이니
조용히 속앓이 하면서 커피나 마셔라.

적敵

오포대에서 울리던 사이렌 소리
아버지와 어머니가 숨죽이고 숨던 폐광廢鑛
적 아니었어

60년대 나 정글과 늪에서 총구 겨누던
베트콩전사
적 아니었어

한 여자를 놓고 다투던 그 사내
적 아니었어

뒤꿈치를 자주 물던 뱀 같은 당신
적 아니었어

하느님의 반대편에 있는 사악하다는 사탄

적 아니었어

두려웠던 죽음까지
적 아니었어

적은 어디에도 없었어.

치매

누님의 화면은 먹통이다

-저장 공간 부족

누님은 슬픔을 지우려다가

기쁨의 기억마저 모두 지우고 말았다

가을볕 푸른 날

누님은 창가에 앉아

Delete Key를 두드리며 일기를 쓴다

하루 종일

그다음 날도

사랑했던 사람들의 이름을 지우며

배시시 웃는다

누님의 화면은 햇살처럼 눈부시다

아무도 그곳에 점 하나 찍을 수 없다

저장 공간의 울타리가 무너져 버린 것이다.

인골피리소리

홀로 인골피리 소리 듣고 있네

밤마다 어머니 몸으로 부르시던 그 피리

대물림 받아

그 깊은 가락을 대물림 받아

한 올 가락 위에 다시 한 올 가락을 올리며

밤새워 길쌈을 하네

창문으로 날아든 초승달이

두어 마디 어딘가를 베어 물고 달아나면

고드름은 관절에서 자라나고

그 틈새로 새어나오는 피리소리

인골피리소리

대물림 받은 그 깊은 가락을

온몸으로 듣느라 밤은 깊어가네.

지푸라기의 힘

지푸라기라도 잡으려 할 때

지푸라기이신 하나님,
당신을 붙잡습니다

지푸라기인 나를 버려도 될 때

보잘것없는 나를
어머니는 버리지 않았습니다

오늘 나를 위로하는 것은
연약한 지푸라기입니다

누군가가 붙잡으려 하는 지푸라기

나로 그런 지푸라기가 되게 하소서.

역방향逆方向

역방향으로 앉아 가는 기차를 타고
고향으로 간다
기차는 차창 밖 풍경을 밀어내며
빠른 속도로 뒤를 향해 달린다
이대로라면
나는 점점 젊어져서
고향에 도착하면 열한 살이 될 것이다
그러면 그러면
학교 끝날 시각에 늦지 않게 도착해서
순이順伊를 만나야겠다
빌렸던 몽당연필 돌려줘야겠다
옥티 넘어가는 호젓한 들길에서 뽑은
삐비 한 움큼 순이 손에 쥐어 줘야겠다
기차는 행복하게
역방향으로 내달리고 있다.

돗대맹이*에게 물었더니

죽어서 돈 물고 있음 뭐 하냐?
목이 잘려 웃고 있음 뭐 하냐?
주검 되어 몸 씻기면 뭐 하냐?
이렇게 내가 물었더니

돗대맹이 돼지가 나에게
똑같이 되묻는다.

죽은 후 돈 있음 뭐 할래?
늙어 웃는 게 웃는 거냐?
넌 살아 씻는다고 깨끗해졌냐?

아하, 그래서 사람들이 돗대맹이 앞에서
고개를 조아리는구나.

* 돗대맹이: 고사상에 오르는 삶은 돼지머리.

사막

문을 열면 사막이 보입니다
나는 매일 아침 사막에 들어섭니다
뜨거운 모래바람이 언덕으로 나를 밀어냅니다
사막을 걸어온 사람들이
무표정하게 내 옆을 스치고 지나갑니다
풀이 죽은 어깨에 걸친 옷자락에서
바람에 찢긴 슬픔이 느껴집니다
별을 주우러 떠났던 어른이 되어
빈손으로 돌아옵니다
아주 오래전부터 그랬던 것처럼
여자들은 사막에다 아이들을 낳고 돌아옵니다
사막에서 자란 아이들은 어른이 되어서도
별을 주우려고 날마다 집을 나서지만
어젯밤에 빛나던 별들은 어디에도 없습니다

아버지는 오래전에 사막을 보지 않으려고
문을 닫았습니다.

부탁

애야, 세상살이 힘들다고 하지 마라
억 겹 하늘을 밀어 올리는
한 겹 어린꽃잎은 오죽 힘들겠느냐

애야, 세월 빠르다고 하지 마라
한 철 피었다 지는 꽃들에게 미안하지 않니?

애야, 삶이 서럽다 하지 마라
눈물 머금고 하늘 한 번 바라보고
땅 한 번 내려다보는 뜸부기는 어쩌겠느냐

애야, 네가 세상을 사랑하면
세상은 그 끄트머리에라도 너를 세워줄 거야.

냉이 꽃

울타리 밖
냉이 꽃처럼

그대 눈길 먼 곳에
내가 피어

그대 오면
시들어야 할 텐데

그리움으로
아직 지지 못하고

바람이 분다.

독립선언

그날, 선조들은 조선이 독립국임을 선언했습니다
그런 일이 있고 나서 스무다섯 해가 지나서
조선은 독립을 했습니다
어느 날, 아내가 스스로 독립을 선언했습니다
그런 일이 있고 나서 나는 밥을 혼자 먹습니다
한 지붕 아래 살면서 같은 한국말을 쓰고
같은 나라 뉴스를 보면서 독립을 선언한 아내는
정말 용감한 여자입니다
스물다섯 살에 시집 온 아내는 마음속으로 그간
수천 번도 더 독립을 도모하다 실행한 선언이라서
나는 존중해 주고 있습니다
아내의 창에는 자유의 깃발이 펄럭입니다
나도 간혹 독립을 선언할까 생각도 했지만
그럴 때마다 아내의 얼굴이 떠오릅니다
내가 사준 첫 선물인 손가방 속에 아내가 간직한

내가 써준 연애편지가 떠오릅니다

나는 여전히 외출했다 돌아오면 아내의 신발 곁에

나란히 신발을 벗어놓습니다

나이 들수록 독립보다 사대주의가 편안합니다.

디지털 아내

아내는 모니터를 통해 하늘을 본다

하늘뿐 아니라 지상의 모든 자질구레한 것들을 본다

손잡고 비행기 트랙을 내려오는 부부를 향해

버럭버럭 욕을 해대는가 하면

간혹 혼자 웃다가

간혹 혼자 울기도 한다

아내에게 모니터는 세상을 내다보는 창이며 문이고 길이며

이성과 지성의 통로이자

감각을 자극하는 유일한 존재임이 분명하다

아내는 모니터가 고장 나면 안절부절 서비스센터에 전화를 하지만

남편이 병이 나면 혼자 일어나겠지 하고 내버려 둔다

오늘은 신열에 갇혀 사람이 그리운 날,

여전히 아내는 모니터와 연애하느라 바쁘다

신접하지 않으면 저럴 수 없는 법
아마도 스피노자가 말한 범신론이 맞는가 보다
사각의 모니터에도 신들이 살고 있어
제 영혼을 밀어 넣는 믿음이 생긴 것이리라.

어떤 절명시

파전, 녹두전, 콩비지 메뉴판 아래

벽 낙서

딱 한 줄
"김준기 왔다 감"

콩비지를 먹으면서 보는
간결한 절명시

딱 한 줄
"김준기 왔다 감"

가슴에서 천둥소리가 난다.

물은 살아 있다

물은 낮은 곳을 찾아 눕는 것만은 아니다
수억 개의 빗방울이 무섭게도 수직으로
떨어지는 빗줄기를 보라!
수억 개의 영혼을 담아 만장처럼 나부끼며
떨어지는 눈송이는 어떠한가!
의미를 해독할 수 없는 계시가 담긴
갑작스러운 우박에 들판의 잎들이
더 푸르게 깨어나 인공눈물처럼
우리의 눈을 시원하게 적실 때
물은 낮은 곳에 눕는다는 생각을 지우게 된다
살아 있음은 눕는 것이 아니다
곤두박질치며 경쾌하게 부서지는 일이니
나로 인해 네가 네가 네가 푸르게 일어나
어깨를 맞대고 온 들판을 행진하도록
살아 있음은 기꺼이 물이 되는 것이다.

고백

꽃은 홀로 피는 것으로 고백하고
풀잎은 스스로 일어서는 것으로 고백한다네

그대가 홀로 외로워했던 날들도
저녁놀은 그대와 함께한 하루를 감사한다네

때론 달리는 바람 속에도 그대를
그리워하는 누군가의 고백이 있고

밤을 사르는 별들도 세상이 어둠만이
아니라는 속삭임으로 반짝인다네

그대 눈물은 슬픔이 아니라네

하루가 허망하여 하늘을 무사히 바라보는

그대 눈빛 속에 머물고 있는 그분의 사랑이라네

풀벌레 울음도 한 날이 한 생으로 족했음을
잠시 고백하며 스러진다네.

그 여자

소나기는 내리고
내 앞에 혼자서 우산을 쓰고 걷는 여자
그 여자가 뒤돌아본다면
우산을 받쳐줄 것이고
그 여자도 나도 한쪽 어깨는 비에 젖고
그렇게 된다면
나는 무슨 말을 해야 할 것인지
지금처럼 가슴이 설레
아무 말도 못하고 우산 손잡이에 서로 손을 포개고
잃어버린 시간을 아쉬워할 것이라는
이런 생각을 하면서
아까부터 혼자서 우산을 쓰고 가는 여자의 뒤를
따라가며 온몸이 비에 젖어
그 여자는 한 번도 뒤를 돌아보지 않고
나는 생각에 흠뻑 더 젖어

가야 할 방향과는 다르게
소나기 속을 걷고 있다.

남겨놓지 마라

당신이 만든 높은 집
당신이 만든 견고한 담
당신이 쌓은 가파른 산

사람들은 절망한다

가질 수 없고
넘을 수 없고
오를 수 없어

사람들은 떠나고 만다

높은 집에
견고한 담 안에
가파른 꼭대기에

당신 혼자 버려두고 떠나고 만다.

입술

입술이란 낱말처럼 부드러운 말은 없다

오솔한 산길에 핀 참꽃 같은

파르르한 첫사랑의 입술을 맛본 후

모든 입술은 첫사랑이 되었다

입술 사이로 새어나오는 날렵한 한 줄 휘파람

사랑의 고백은 얼마나 달콤한가

그러기에 세상의 모든 건강한 입술은

입술을 갈망한다

입술처럼 신을 닮은 부분은 없다

중얼거리면 중얼거린 대로 이루어지는

창조의 기적을 체험해 보지 않은 사람은 없다

사람이 사랑하는 것도

언젠가 귓가를 핥듯 속삭였기 때문이며

사람이 죽는 것도

언젠가 푸념처럼 뱉어냈기 때문이다

입술이 존재하는 것만으로

세상은 유지된다.

노년의 부부

잔소리가 많은 여인은

우울증이나 치매에 걸리지 않는다기에

걱정 하나는 사라졌는데

나는 무엇으로 걱정을 덜어줄 수 있을까 생각하니

보철한 이빨이거나 침묵.

촛불

나를 태웁니다

오직 나로 나를 태웁니다

나는 내 몸을 태워 얻은 빛으로

어둠의 경계에까지 달려가 당신을 맞아들입니다

먼 밤길을 걸어온 지친 당신을

나는 늘 기쁨으로 맞이합니다

당신은 내가 얼마나 뜨겁게 타오르는지를 모릅니다

몸을 녹여 태우는 일념―念은

당신이 올 수 있도록 길을 비추기 위함입니다

마지막까지

처음 당신께 달려갔던 그 빛으로

달려가 당신을 기다립니다

언제나 늦지 않게 오시는 당신,

그런 당신이 내 빛으로 어둠을 털어내는 모습을

보는 것으로 나는 만족합니다.

화살나무

우리 집 화살나무 울타리는

하늘을 향해 촉을 곧추세우고

날아갈 듯 날아갈 듯하더니

봄비에 몸 젖자

전의戰意를 상실한 채

화살촉마다 푸른 꽃을 피웠구나

빈 하늘 가끔씩 날아가는 철새만 겨냥하다

화살촉마다 푸른 꽃을 피웠구나

겨울철새가 떠난 빈 하늘만 멍하니 바라보며

화살촉마다 푸른 꽃을 피웠구나

우리 집 화살나무 울타리는

집 지키기를 포기하고

화살촉마다 예쁜 꽃을 피웠구나.

노간주나무

저 어린 것이
커서 나무 구실을 할 때쯤,
제 팔이 잘려
어미 소의 코뚜레가 된다는 것을
알 턱이 없다
제 몸이 소에게 고통을 주는
도구로 쓰인다는 것을
알 턱이 없다
알았더라면
어찌 골짝에서 불어오는
바람을 즐겼겠는가
어찌 햇볕 있는 양지를
그리워했겠는가

저 가엾은 어린 것이.

숲속의 구도자

매미는 자신의 이데아가 독수리라고 믿었다

자신이 굼벵이였다는 것을 인정하지 않았다

매미는 세상을 요란하게 한 번 휘저어 보고 싶었다

그래서 참나무 꼭대기에 올라서 온몸으로 소리쳐 숲을
흔들어 봤다

고요에 길들어진 수많은 생명들은 매미 소리가 귀찮았을
뿐 아니라

아무도 관심을 보이지 않았다

매미는 고목의 진액을 먹으며 나뭇가지에 앉아 있는

자신의 모습이 구도하는 것이라 믿었다

탈피를 통해 중생한 구도자라는 자부심이 대단히 컸다

매미는 숲의 녹색이 짙어지면 퇴장하게 되리라는 것을
몰랐다

숲속의 생명들이 매미의 짧은 생애가 가엾어

시끄러운 울음소리를 참고 있다는 것조차 몰랐다

오직 매미만이 자신이 진리를 말한다며 외쳤다.

돌에 관한 성찰

집 한 채 짓느라
큰 돌을 옮겨와 정으로 쪼아 담을 쌓고
모래 몇 차 실어다 콘크리트를 치는 것이
부끄럽구나
천년을 인내로 바위가 된 몸이 정에 맞아
살점이 떨어져 나갈 때
얼마나 아팠을까
제 몸을 나누느라 천년의 고통을 참아낸 모래가
시멘트로 다시 응고될 때
얼마나 두려웠을까
살아 있던 돌들이 죽어 집이 된
네크로필리아*에 누워
생명을 꿈꾸는 것이 과연 가당찮은가
집 한 채 짓는 것이
이토록 부끄러운 것인 줄을

이제야 알았다.

은행나무 아래서

내가 수없이 환생을 하고서야
만난 나무
은행나무는 천년이 되었다고 한다

바람이 불고
노란나비 떼가 날아오른다

죽은 나비를 하나 주어 호주머니에 담았다
책갈피로 주면
죽은 내 누이가 좋아하겠구나

속이 텅 비어 있는데
살아 있는 은행나무

누이의 병동에서

속을 걷어내고서라도

살아 있기를 얼마나 바랐던가

오늘은

환생한 누이가 시간의 벽을 밀고

은행나무 아래로 와서

날아가는 노란나비 떼를 근심 없이 바라고 있다

바람은 불고

나비 잠시 날아오르다

풀쩍 땅에 눕고

나는 은행나무 너머에 서 있는

누이를 본다.

호박벌

신발 벗고 들어오세요
팻말이 없는데
발마다 가득 꽃가루를 묻혀 왔다
발을 씻어도 꽃가루에 비벼 씻고
꽃투성이 발 그대로 잠이 들었다

어느 날엔 호박꽃 가루를 온몸에 뒤집어쓰고 나타났는데
향기가 없다고 타박하지 않았다

꽃가루를 훔쳐오지 않고
발에 묻혀온 것만으로 식솔을 부양하는 아버지에게
나는 오랫동안 칭얼댔다

아버지는 발에 솜털을 세우고
나간 뒤로 돌아오지 않았다

어느덧 내가 자라 발에 꽃가루를 묻혀 오면서

꽃가루가 결코 가볍지 않다는 것을 알게 되었다

날갯짓에 꽃가루가 날아가지 않도록 조심스럽게 비행했

다.

깊은 숲, 그곳에

깊은 숲에는 뱀이 산다
벌거벗은 남자와 여자의 발꿈치를 문 채

남자는 가엾게도 갈비뼈 하나가 없다
잠을 자다 분실한 것인데

결국 그 갈비뼈가 돌아와 속일 줄은 몰랐다

깊은 숲에는 햇빛에 농익는 과실이 주렁주렁 열려 있고
곡조가 붙은 뱀은 감미롭게 미끄러져 온다

누군들 과실을 먹지 않았겠는가

달콤한 것은 먹기 전에도 달콤하다

뱀 탓하지 마라

붉은 그들은 점점 깊은 숲으로 들어가

거친 호흡을 하며 서로를 탐닉한다.

로고스

당신이 꽃피운 말씀 중에 열매가 가득하오니

이제는 침묵하며 당신의 말씀을 듣겠습니다

제가 내뱉은 허튼소리를 용서하소서

햇빛의 고요함이 상수리나무를 키우고

그 그늘에 다른 고요가 반나절쯤 머물게 하심이

무슨 계시인지 알게 하소서

나무 속에 계신 당신이 내 속에 등불을 밝히시고

푸른 생각, 푸른 꿈을 꾸게 하시니

이제는 침묵하며 나무처럼 서 있겠습니다.

옷

내가 아는 어떤 분은 오래전에 돌아가신
아버지 옷을 입고 다닌다

나는 아들이 버리려던 옷을 달라고 해서
입고 다닌다

돈도 있는 사람이 궁상맞게 아들 옷을
입고 다닌다고 사람들은 말하지만

모르는 소리다

옷소매에 코를 박고 있으면
내 오장육부 보다 더 깊은 곳에서
아들 냄새가 올라온다

세상에 어느 향기보다 진한 그리움

소매 끝이 헐었다
아들의 노동이 내 눈가로 전이된다

눈물이다

옷소매로 쓱 닦는다.

습관성 폭력

그는 늘 빈 플라스틱 병을 쭈그려서 버린다
빈 맥주 캔은 사정없이 짓밟아 찌그러뜨려 버린다
산길에 나뒹구는 솔방울을 발로 차는 일은 예사고
길 위에 나와 있는 작은 돌멩이를 발로 차는 일도 목격되
었다
그가 정원을 갖고 있는 이유는 꽃 가꾸기보다
가지치기를 즐기기 위함인데
햇볕이 좋은 날, 나무들이 일광욕을 즐기는 시간에
기지개를 펴는 나뭇가지는 여지없이 가위질을 당한다
닳은 칫솔, 닳은 신발, 낡은 옷
그에게 버림받은 것들은 모두가 한때
그와 고락을 함께했던 것들,
지구 일곱 바퀴 반 거리를 태워준 차를 폐차장에 버리고
받은 돈으로 곰탕을 사먹는 그를 보며
여자는 버림받을까 봐 두려워한다

언젠가는 별로 친하지 않은 사람을 위해
기르던 닭을 잡아 먹인 일도 있다
백모가 정수리를 덮고 어깻죽지가 내려앉아
기력이 다해 보이는 그가 고등어에 칼질을 하면서
계속해서 폭력의 대상을 찾고 있다.

엘레지

개의 음경을
'애도와 비탄의 감정을 표현한 서정시다'라고
우리나라 국어사전에서 정의해 놓았다

개의 음경이 슬프다는 것을 나는 처음 알았다

욕망의 주체인 음경이 슬프다는 것은
근원의 슬픔을 표현한 선문답 같지만

결핍을 은유적으로 표현한 것이라 생각하며
무심히 마당가의 개를 바라본다

그렇다 음경이 슬프면
개는 슬프다
그 슬픔의 깊이를 아무도 모른다.

숨 1

당신은 볼 수 없어도
도토리 한 알 속에 떡갈나무가 자란다

그 어린 씨앗이 여린 제 몸속에
커다란 나무를 키우느라
가쁜 숨을 쉰다

떡갈나무가 가득한 산에서
당신은 볼 수 없어도
도토리 한 알 속에 산이 자란다

그 작은 열매가
홀로 참나무 숲을 가로질러 가는
당신의 뒷모습을 기억하며 자란다.

숨 2

어머니는 배추를 절이시면서
숨을 죽인다고 하십니다
고랭지에서 뽑혀 온 지가 이미 사나흘이 지났는데
배추를 절이면서
숨을 죽인다고 하신 어머니의 말씀에는
당신이라도 배추의 최후를 책임지겠다는
깊은 뜻이 담겨 있습니다
뭇 생명들이 인간의 식욕으로 사라져도
그 죽음을 책임지는 이가 없는데
어머니만은 배추를 절이시면서
숨을 죽인다고 고백하십니다.

숨 3

허혈성 심장질환을 앓고 있는 내가
아내에게 부탁했다
갑자기 내가 숨이 멈추거든
코를 잡고 입에 공기를 불어넣으라고,
하느님이 아담의 코에 생기를 불어넣듯 하라고,
히히
건넛방에서 혼자 자는 아내는
내가 혼자서도 숨을 잘 쉴 거라는 믿음으로
코를 골며 편히 잔다
아침이면 숨 쉬는 나를 보며 아내는
거보란 듯이
속웃음을 숨기며
히히
인명은 재천이라는 말을 할는지 모르지만
내게 무슨 일이 있으면 아내가

하느님처럼 내 코에 생기를 불어넣어 줄 것이라는
믿음만은 마음 한구석에 여전히 남아 있다.

어머니의 겨울

이불을 끌어다 얼굴을 감싸면 발이 시리고
발을 감싸면 얼굴이 시리었다.
어머니는 내가 키가 커서 그렇다고 했다
다음 겨울은 발을 감싸면 가슴이 시렸다
어머니는 내가 부쩍 커서 그렇다고 했다
어느 추운 날
당신의 이불을 내게 내어주시고
모로 누워 떨고 계시는 어머니를 보고서야
키 때문이 아니라 이불이 작다는 것을 알았다
그런 겨울이 수없이 가고
머리부터 발끝까지 이불을 덮고서도
온몸이 시린 지금 겨울은
어머니 안 계시기에 그런가 보다.

극락

장마 후 탁류가 무섭게 흐르는 강

갈대 꼭대기에서

위태롭게

물잠자리 한 쌍이 교미를 한다

강물이야 흐르건 말건

갈대 꼭대기

거기가 극락.

설원

보이는 삼라만상이 싫어

울고 있을 때

하늘에서

두 눈 가득 채워준

눈이 부신

백노지白露地 한 장.

들판을 보세요

봄 보석바람에 흔들리는

늙은 억새 꽃대 아래

단아하게 핀 샛노란 민들레,

행여 밟을까 봐

조심스레 까치발을 떼는데

날렵한 새 한 마리가 벌레를 물고

기뻐하며 날아갑니다

물 오른 삐비풀 사이로 냉이꽃 몇 송이가

흰 이를 드러내며 환하게 반깁니다

오, 우리가 잡풀이라고 멸시했던

땅에 주저앉은 생명들이 평화를 선언합니다

그 증거로 머잖아 들판은 망초꽃에 점령될 것이고

당신이 오늘 밟고 가는 발자국에는

제비꽃이 필 것입니다

봄에 초대받은 당신,

저 꽃들 질 때까지 돌아갈 길은 없습니다.

잠을 위한 기도

당신이 나를 위해 기도할 때
나는 잠을 잡니다

내가 당신을 위해 기도할 때
당신은 잠을 잡니다

우리는 서로 평안한 잠을
빌어줄 때 잠을 잡니다.

단풍

신도 몸살을 앓는구나

신열에 들뜬 저 얼굴빛 좀 봐

붉다 못해 곧 울 것 같아.

입동

나무가 옷을 벗는다

산이 옷을 벗는다

어린나무들도 천형을 받겠다며
스스로 옷을 벗는다

머잖아 흰 눈밭에 서서
벌거벗은 몸으로 칼바람을 맞으며
목 놓아 울 것이다

나무가 울 것이다

산이 울 것이다

울음소리를 듣고 봄이 가장 먼저
산으로 달려올 것이다.

나무의자

나무의자는 나무의 시체로 만든다
나무의자에 앉아 있는 것은
나무의 주검 위에 앉아 있는 것

그대 엄숙하라
얼마나 깊은 침묵 위에 앉아 있는가

어느 날, 그대 산에 누우면
그대 위에 나무는 자라나고

더 많은 잠자는 자들 위에
더 많은 나무는 자라나고

나무는 돌아와 더 많은 의자가 되고
의자에 앉았던 이들 산으로 가

모두 나무를 키운다.

나에 관한 설명서

아스피린 한 알, 혈액 용해제 두 알로
심장을 어르고
진통제 두 알로 무릎관절을 일으켜 세우고
그러고도 진통 소염파스 두어 장 붙이고
배뇨장애를 완화해 주는 전립선비대증 약을
꼬박꼬박 챙겨 먹어야 하는
육체에 관해
당신이 안부를 물으면
실없이 웃어 보이며
"베리 굿" 하고 대답을 한다.
이 고장투성이의 몸 안에 시 한 줄 담아보려고
하루 종일 강물을 우두커니 바라보다가
눈이 시리면
인공눈물을 찾아 눈에 넣고
당신이 또 찾아와 안부를 물으면

실없이 웃어 보이며

"베리 굿" 하고 대답을 한다.

나를 찾습니다

나를 잃어버렸습니다

가끔 맨발로 다니면서

신발 하나 벗었는데 이렇게 자유로울 수가 없다고

허허虛虛롭게 잘 웃더니

먼 산만 바라보는 일이 잦았습니다

그런 내가 나가서 돌아오지를 않습니다

어떤 이는 선술집 골목에서 보았다고 하고

어떤 이는 교회당 모퉁이에서 보았다고 합니다

그러나 그들이 보았다는 것은 모두 나의 그림자였습니다

지난번 어머니 산소에 갈 때에는

백발을 보이면 어머니가 걱정하신다며

까맣게 염색을 하고 갔습니다

늙는 것을 부끄러워해야 하는데

자신이 뻔뻔해졌다며 투덜대더니

나가서 돌아오지를 않습니다

아무도 나를 찾지 않아서 할 수 없이

내가 나섰습니다

찾으면 내가 한 턱 쏘겠습니다.

병원놀이

아이가 인형을 가지고 병원놀이를 한다
아이는 의사다
인형에게 주사를 놓고, 잠을 재우고
고무호스를 목구멍에 쑤셔 넣는가 하면
항문에 넣기도 한다
조심성 없이 거칠게 병원놀이를 한다
인형은 낡았고
더 이상 관심 대상이 되지 못한다
대관절 이 낡은 인형 속이 어떠한지
폐차장 쇠붙이를 떼어내듯
아이는 숙련된 거친 솜씨로 인형 속을 헤집는다
병원놀이가 끝나고
조용한 방 안

배가 몹시 아프다

목구멍도 아프고 항문도 욱신거린다

한 시간 더 누워 있다 가라며

간호사가 내게 말한다.

꽃과 전립선염

전립선염으로 아래가 불편하고 아플 때에야
비로소 꽃을 깊이 생각하네

세상의 모든 꽃은 아프며 핀다는 것을,

아침에 활짝 피었다 저녁에 시들한 꽃잎을 보면서
그 꽃 중 하나가 나였음을 알고
아픔은 향기처럼 음미하는 것이라는 것을
고요히 받아들이네

어느 날 꽃 지고
빈 꽃대만 허허롭게 남아 있을 때

꽃대 사이에 영근 푸른 하늘이 한없이 평화롭다는 것을,

그 꽃대 중 하나가 나였음을 알고서야
전립선염이 몸의 지각임을 받아들이네.

벗의 영전에서

그는 너무 빨리 달렸다
꽃 속에 묻혀 환하게 웃고 있는 그를 보면서도

벗들은 신발 끈을 조여맸다
계속해서 달릴 기세였다

나는 오늘 저녁운동부터
싸묵싸묵 걷기로 했다

해가 지든 말든

기다리는 사람이 없다는 것은 얼마나 다행인가

해거름 들꽃이 일제히 떠올라 별이 되고
풀벌레 울음이 그 별까지 다다를 때까지

아주 천천히 발을 옮기는 날들로
조금은 쓸쓸하게, 조금은 외롭게 살기로 했다

만나야 할 사람이 없다는 것은 얼마나 다행인가.

고맙습니다

낡은 옷은
내 옷이라는 의식이 남아 있어
못 버리고

낡은 신발은
내 신발이라는 의식이 남아 있어
못 버리고

함께 사는 여자는
내 여자라는 의식이 남아 있어
못 버리는데

당신네들은 용케도
나를 쉽게 버렸기에

참 자유롭습니다
고맙습니다.

인생의 거리

친구가 30만 킬로미터를 달린 내 차를 보면서 지구의 일곱 바퀴 반을 돌았다며 오래 탔다고 말한다. 차를 산 지 얼마나 되었느냐고 묻는다. 딱 10년이다. 나는 10년 동안 빛의 속도로 1초를 온 것이다. 그러고 보니 인생이란 건강해야 고작 8초를 사는 것이고 거리로는 240만 킬로미터를 가는 것이다. 내가 그대들에게 해줄 말은 부디 천천히 달리라는 그 한 마디뿐, 고물이 된 차라도 움직이면 행복하다. 불행한 경우는 차가 고장 나 더는 달리지 못하고 중간에 서버리는 일인데 얼마 달리지 못하고 폐차되는 것을 보며 사람들은 남의 일이지만 아깝다며 아쉬워한다. 차가 망가지는 이유로 도로가 험했기에, 신호등이 많았기에라고 말하는 이도 있지만 달려야 하는 숙명을 생각해 본 이는 없다.

삶의 무게를 견디는
사유의 진지함

황정산(시인, 문학평론가)

1. 들어가며

사람들은 가벼운 것을 좋아한다. 좋아하는 것을 넘어서 숭배하고 찬양한다. 신이 하늘에서 살고 있다는 생각은 이 지상의 중력을 벗어난 곳에 가장 위대한 것이 존재한다는 믿음 때문이다. 천사가 날개를 달고 날아다니는 것도, 무협지의 고수들이 날아다니는 것도, 신선이 되어 우화하는 것도, 모두 가벼워지기를 원했기 때문이다. 현대를 사는 우리는 더욱더 이 가벼움을 추구한다. 깊이 있는 고민과 배려에 대해 '진지충'이라 이름 붙여 힐난하고, 반대로 경박한 유희와 가벼운 농담을 선호한다. 이런 것들을 '쿨하다'고 말하며 매력적인 것으로 간주한다.

시도 마찬가지이다. 온갖 무겁고 진지한 언어들의 무게를 벗어나 말의 자유로운 힘을 회복하고자 하는 노력이 시일 것이다.
시는 어쩌면 언어에 부여된 모든 의미의 무게를 벗어내고 언어
자체의 가벼운 의미의 생생함을 회복하는 일이기도 하다. 하지
만 최근에 시가 너무 가벼워지고 있는 것도 사실이다. 진지한
삶의 성찰과 서정의 깊이를 표현하는 시보다는 소소한 일상을
무의미하게 나열하거나 경박한 언어유희를 즐기는 시들이 좋은
시로 평가되고 사람들에게 회자되고 있다.

김상현의 시들은 이런 경향의 반대편에 서 있다. 그의 시를
읽으면 우리가 아무리 경박함을 추구하는 시대에 살고 있다고
해도 우리의 삶은 여전히 힘든 무게를 견디고 있는 엄숙한 것임
을 새삼 깨닫게 된다.

2. 낮은 곳의 이미지

김상현 시인의 시들에서 가장 많이 눈에 띄는 것은 아래로의
시선과 낮은 것들의 이미지이다. 흔히 시인은 현실 세계 너머의
세상을 본다고 한다. 그렇기에 그의 눈은 지상을 벗어난 저 높
은 곳을 향하기 십상이다. 하지만 김상현 시인은 아래를 즐겨
관찰한다.

중생의 무게를 묵묵히 받아주는

절간을 오르는 돌계단이 바로

누워 있는 부처님이시다.

— 〈산사山寺 돌계단〉 전문

우리는 절에 가면 저 높은 곳에 앉아 있는 부처님이나 절집의 높은 처마의 아름다움을 찾는다. 하지만 시인은 절간을 오르는 돌계단에 주목한다. 가장 낮은 곳에 위치하면서 사람들의 무게를 온몸으로 맞이하고 있는 이 돌계단이야말로 "누워 있는 부처님" 아니겠냐는 것이다. 성불이라는 것은 현실을 초월한 저 높은 곳에 있는 것이 아니라 가장 아래에서 삶의 고통을 몸소 체험하는 고행을 통해서 도달하는 것임을 시인은 우리에게 말하고 싶은 것이다. 이렇듯 김상현 시인은 우리의 시선을 끌어내려 자신의 발아래를 보도록 인도해 준다.

이 시집의 표제작이기도 한 다음 시가 낮은 시선을 가진 시인의 시세계를 가장 잘 대변해 준다.

세상을 떠난 사람들은 모두 별이 되었지만
할머니는 고집스럽게 바람이 되셨다

모두 하늘을 우러르며 소원을 빌 때에도

허리 굽은 우리 할머니는 땅에 소원을 빌었다

하늘에는 하느님이 사시는 곳이라며
뻐꾹새 울면 참깨 파종하고
살구꽃 필 때 수박씨 심으며
사람은 흙을 파먹고 사는 것이라 말씀하셨다

허리 굽은 우리 할머니는 하늘의 별보다
흙 비집고 나오는 굼벵이와 더 친했다

오늘은 아침부터 뻐꾹새 울자
바람이 된 우리 할머니는 굽은 허리를 곧추세우고
참깨 밭 언저리를 서성이시다 돌아가셨는지
참깨 깻단이 넘어져 있구나.

— 〈바람의 등뼈〉 전문

아버지의 어머니인 할머니는 시인에게 생명의 원천이며 정신의 거처이다. 그런 할머니가 돌아가시어 하늘의 별이 되신 것이 아니라 "고집스럽게 바람이 되셨다." 그 이유를 생각해 보는 데에 이 시의 요체가 들어 있다. 하늘은 "하느님이 사시는 곳이"지만 사람은 "흙을 파먹고 사는 것이라 말씀하"신 할머니는 이 땅을 떠날 수 없었기 때문이다. 할머니가 나이 드셔 허리가 굽어진 것도 "하늘의 별보다/흙 비집고 나오는 굼벵이와 더 친했"
기에 그런 것이었다. 결국, 할머니는 돌아가셨어도 바람이 되어
다시 이 땅에 그 굽었던 허리를 곧추세우고 돌아오신다. 시인은
그것을 쓰러진 참깨 깻단에서 확인한다. 쓰러진 참깨 깻단을 확
인하는 시인의 시선은 시인의 시 쓰기의 지향을 상징적으로 말
해준다.

　다음 시는 아래로 향하는 시인의 시선을 아찔한 이미지를 통
해 더욱 극적으로 표현해 주고 있다.

　　쉿, 내가 고소공포증인 줄 아무도 눈치채지 못했다
　　하늘이 깊어 평소에도 나는 불안하다

　　벗 몇몇은 깊은 하늘에 빠져 볼 수 없고
　　몇몇은 아슬아슬하게 하늘가를 걷고 있다

　　(……)

　　고층건물 유리벽 닦기

　　당신의 일터는 모두 까마득한 높이에 있는

　　마나슬루 봉을 오르다 발을 헛디뎌 크레바스에 빠져 돌아오

지 못한

　당신들

　당신들

　쉿, 고소공포증을 아무도 눈치채지 못하게 살자.

— 〈고소공포증〉 부분

　시인에 따르면 우리 모두는 다 고소공포증을 겪고 있다. 까마득한 높이를 지향하며 아래 보기를 두려워하기 때문이다. 추락과 몰락과 실패의 고통을 두려워하며 아슬아슬하게 높이 올라와 있다고 우리 모두는 착각하고 있다. 마치 "고층건물 유리벽 닦기" 하는 일처럼 우리 모두는 상승의 필요에 의해 두 발을 허공에 두고 일하고 있고 "마나슬로 봉을 오르다 발을 헛디뎌 크레바스에 빠져 돌아오지 못"하듯 최고의 위치에 오르기 위해 경쟁이라는 온갖 간난을 극복하려 하지만 예기치 못한 실패를 경험하기도 한다. 이렇듯 우리 모두는 발아래 나락으로 떨어질지 모른다는 공포를 느끼지만 그것을 숨기며 살고 있다. 시인은 "쉿, 고소공포증을 아무도 눈치채지 못하게 살자"고 말하고 있지만 사실을 그렇게 말함으로써 우리가 모두 이 두려움에 빠져 있다는 사실을 까발리면서, 이 공포를 극복하고 발아래 낮은 곳 보기를 권고하고 있다.

　이런 공포 속에서 느끼는, 우리의 삶의 가혹한 고통과 무게를 시인은 낮은 시선과 애처로운 눈길로 바라보면서 달래준다.

사막의 낙타가 눈물을 흘리는 것은
슬퍼서가 아니라
눈에서 모래를 씻어내기 위함이다

삶이란 이처럼 처절한 것이니
그대, 어디에도 마음 쓰지 마라

그래도 눈물이 나거든
쓰라렸던 하루를 씻어낸다고 생각하라

삶이란 묵묵히 모래언덕을 걷는 일이다.

— 〈삶〉 전문

"사막의 낙타가 눈물을 흘리는 것은/슬퍼서가 아니라/눈에서 모래를 씻어내기 위함이다"라는 말이 더 슬프다. 눈물마저 씻을 수 없고 눈물의 의미마저 삶의 고통으로 치환되는 더 큰 슬픔을 본다. 시인은 눈물을 흘려 하루의 고통을 씻어내며 "묵묵히 모래언덕을 걷는" 낙타의 모습을 통해 우리의 슬픔을 위로한다. 슬픔마저도 우리의 삶의 일부이고 우리가 감당해야 할 일상의 한 부분이니 그것을 감당해야 한다고 우리의 어깨를 두드려

주고 있다.

3. 산다는 것의 엄숙함

앞서도 지적했듯이 김상현 시인의 시들에는 아래로의 시선과
그것을 통해 보이는 낮은 것들의 이미지가 자주 등장한다. 그런
데 이 낮은 것들은 쉽게 상승하고 벗어날 수 없는 삶의 무게를
보여준다. 다음 시의 '그림자'가 바로 그런 것이다.

무거워서 그를 내려놓은 것이 아닙니다

그는 나를 대신해 속죄하느라
누워서 걷습니다

허튼 나의 욕망을 참회하느라
가장 낮은 곳에 누워 있습니다

그러고도 내 모든 허영과 허식을 참회하느라
무채색의 검은 옷을 입었습니다

나는 사소한 일에 웃거나 울지만

그는 묵묵히 깊은 성찰에 잠깁니다

동반자인 그는 나를 빛이라 치켜세우고
자신을 그림자라 낮춰 부릅니다.

― 〈그림자〉 전문

시인은 나를 대신해 누워서 걷는 그림자가 어쩌면 나의 진정한 정체성이 아닌가 생각하고 있다. "나는 사소한 일에 웃거나 울지만" 나의 그림자인 "그는 묵묵히 깊은 성찰에 잠"겨 있다. 그리고 "그는 나를 빛이라 치켜세우고/자신을 그림자라 낮춰 부"른다. 감정에 일희일비하거나 스스로 빛이라 도취하는 삶이 아니라, 낮은 곳에서 "허영과 허식을 참회하"며 삶에 대해 진지한 성찰을 하는 자아 그것을 시인은 회복하고 싶어 한다. 우리는 그런 일을 할 수 있는 자아를 그림자처럼 가지고 있으면서도 망각하고 살고 있다. 허영과 허명에 휘둘리고 빛을 찾아가는 욕망에 부나비처럼 매달린다. 시인이 시선을 아래로 두어 아무도 보려 하지 않는 그림자를 바라보는 것은 바로 이렇게 삶에 대해 진지한 성찰을 해야 한다고 믿기 때문이다. 시인에게 시 쓰기는 바로 이 성찰에 도달하는 가장 유효한 수단이기도 하다.

시인은 이런 진지한 성찰을 통해 몇 개의 깨달음에 도달한다. 김상현 시인의 시들 중에는 이런 깨달음을 노래한 잠언적인 시들이 특히 두드러진 시적 성취를 보여준다.

어수룩한 당신
허점투성이인 당신

당신의 틈 사이로
꽃이 핀다

틈에 낀 먼지와 곰팡이와 이끼에 뿌리를 내린
당신
꽃으로 핀다.
　　　　　　　　　　　　— 〈틈새가 생명을 키운다〉 전문

　우리는 흔히 세밀한 설계와 단단한 구조 그리고 잘 배치된 공간에서의 삶을 바람직하다고 생각한다. 인간의 진지함이 그러한 공간을 만들어 낸다고 생각한다. 하지만 시인은 새로운 생명의 가능성은 그런 곳에 있지 않고 "허점투성이인" 틈새에 있다고 알려준다. 꽉 찬 잘 만들어진 완벽한 공간은 어떠한 생명도 허락하지 않는다. 다만 뭔가 어수룩하고 잘못 만들어진 틈새에서 싹이 자라고 꽃이 필 수 있다는 진실을 시인은 우리에게 알려주고 있다.
　다음 시는 우리가 얼마나 폭력을 행하고 사는지 반성을 촉구한다.

그는 늘 빈 플라스틱 병을 쭈그려서 버린다

빈 맥주 캔은 사정없이 짓밟아 찌그러뜨려 버린다

산길에 나뒹구는 솔방울을 발로 차는 일은 예사고

길 위에 나와 있는 작은 돌멩이를 발로 차는 일도 목격되었다

그가 정원을 갖고 있는 이유는 꽃 가꾸기보다

가지치기를 즐기기 위함인데

햇볕이 좋은 날, 나무들이 일광욕을 즐기는 시간에

기지개를 펴는 나뭇가지는 여지없이 가위질을 당한다

닳은 칫솔, 닳은 신발, 낡은 옷

그에게 버림받은 것들은 모두가 한때

그와 고락을 함께했던 것들,

지구 일곱 바퀴 반 거리를 태워준 차를 폐차장에 버리고

받은 돈으로 곰탕을 사먹는 그를 보며

여자는 버림받을까 봐 두려워한다

언젠가는 별로 친하지 않은 사람을 위해

기르던 닭을 잡아 먹인 일도 있다

백모가 정수리를 덮고 어깻죽지가 내려앉아

기력이 다해 보이는 그가 고등어에 칼질을 하면서

계속해서 폭력의 대상을 찾고 있다.

— 〈습관성 폭력〉 전문

위 시의 "그"는 시인 자신이고 우리 모두이다. 우리들은 모두

삶을 위해 습관성을 폭력을 행사하고 있다. 함부로 생명을 해하고 정든 사람과 사물을 쉽게 버린다. 자신의 행복과 자신의 건강과 자신이 찾는 아름다움을 위해 다른 존재들에게 여지없이 가위질 칼질을 멈추지 않는다. 산다는 것은 우리가 모르게 행하고 있는 폭력을 동반하고 있다는 슬픈 진실을 시인은 우리에게 보여준다. 삶의 진지함을 깨닫는다는 것은 어쩌면 이 폭력의 가능성을 항상 염두에 두고 반성하며 사는 것일 게다.

다음 시는 말의 의미를 생각하게 해준다.

　　나는 오늘 당신을 만났다

　　만나기 위해 내가 갔다

　　나의 이기는 당신의 귀를 만나고 싶었다

　　그런데 내가 만난 것은 당신의 혀였다

　　당신의 혀에 화상을 입고 돌아와서

　　나는 귀를 매만져 보았다

　　그동안

　　내 귀를 위해 찾아온 사람들에게

　　정말 미안하다

　　누군가를 위해

　　이제는 귀를 비워두기로 한다.

　　　　　　　　　　　　　　　 ― 〈혀에 관한 반성문〉 전문

시인은 말하고 싶어 누군가를 찾아갔다. 하지만 그의 말만 듣고 오면서 마음의 상처를 입었다. 하지만 이 상처를 통해 시인은 말을 하려고만 했던 자신을 반성하고 말은 하는 것이기보다 듣는 것이어야 한다는 것을 깨닫는다. 혀보다는 귀를 위해 존재하는 말의 의미를 다시 생각하게 하는 잠언적인 작품이다.

죽어서 돈 물고 있음 뭐 하냐?
목이 잘려 웃고 있음 뭐 하냐?
주검 되어 몸 씻기면 뭐 하냐?
이렇게 내가 물었더니

돗대맹이 돼지가 나에게
똑같이 되묻는다

죽은 후 돈 있음 뭐 할래?
늙어 웃는 게 웃는 거냐?
넌 살아 씻는다고 깨끗해졌냐?

아하, 그래서 사람들이 돗대맹이 앞에서
고개를 조아리는구나.
　　　　　　　　　　　— 〈돗대맹이에게 물었더니〉 전문

돛대맹이는 고사상에 오르는 삶은 돼지머리를 말한다. 시인은 이 돼지머리를 보면서 우리의 삶과 그것을 지탱하고 있는 욕망을 생각한다. 고사상에 올려져 돈을 물고 웃고 있는 돼지머리의 모습을 보고 자신의 삶이 추구해 오던 것들이 다 허망한 것임을 깨닫는다. 돈과 기쁨과 청결 같은 것들이 충족된다고 과연 우리가 행복했을까를 시인은 우리 모두에게 묻고 있다. 돼지에게 머리를 조아리는 것은 단순히 기복을 위해서라기보다는 이렇게 자기를 반성하는 것임을 시인은 불현듯 생각해 낸다. 시인의 발상이 참 재미있다.

다음 시도 역시 발랄한 상상력을 보여주는 재미있는 작품이다.

그는 친절했다
너무나 다정다감해서 그의 정체를 알면서도 전화를 끊을 수 없었다
그가 내 주민번호와 통장번호를 물었다
나는 통장번호를 기억할 수 없지만
친절하게 알려주었다
기뻐하는 그의 음성을 들으니 나도 기뻤다
그는 나를 만만한 존재로, 넉넉한 밥으로 여기며
연인처럼 속삭였다
통장 비밀번호를 불러주세요

나도 연인에게 속삭이듯

순순히 알려주었다

그는 예의 바르게 인사를 하며 전화를 끊었다

유채꽃밭을 향해 질주하는 한 마리 나비가 보였다

오죽했으면 그 일을,

살기가 얼마나 팍팍했으면 그 일을,

생각하니 말로 벌어먹는 사람이 어디 한둘인가

쓸쓸해진다

비록 잠시지만 그에게 행복을 안겨준 일은

잘한 일이었다.

— 〈즐거운 거짓말〉 전문

보이스피싱 전화에 재치있게 대응한 자신의 경험을 시로 쓴 작품이다. 다정다감한 그의 권유에 시인은 친절하고 정중하게 응대해 준다. 다만 예의 바르게 거짓말을 했을 뿐이다. 거짓말 전화에 거짓말로 대꾸했으니 결코 잘못한 일도 아니다. 또한 자신의 고분고분한 대답에 그는 잠시 행복했을 테니 좋은 일이기까지 하다. 시인은 먹고살기 위해 거짓말까지 해야 하는 그의 말을 듣고 "유채꽃밭을 향해 질주하는 한 마리 나비"를 본다. 한순간 그도 나비처럼 들뜬 마음을 가졌을 것을 생각하니 스스로 대견해지기까지 한다.

아마 시를 쓰는 일이란 이런 즐거운 거짓말을 하는 일인지도 모른다. 누구에게나 진실이 사라지고 거짓말이 난무하는 세상에 잠시 여유로운 그래서 무해한 거짓말을 한다는 것은 삶의 어떤 다른 측면을 바라볼 수 있는 새로운 시각을 제공한다. 거짓말하는 보이스피싱 사기범을 미워하는 대신 그에게 잠시의 행복을 선사함으로써 그의 행위의 허망함을 깨닫게 하는 시인의 재치는 우리의 삶에 잠시 쉼표를 찍어주는 한 편의 시와 다르지 않을 것이다.

어쩌면 말이란 다 오해이고 거짓말이고 말을 주고받는 우리는 서로 빗나가고 있는지 모른다.

당신을 사랑한다는 것
곁에 있어달라는 것
오타였습니다

오타를 정정하느니
차라리 지우는 게 나아서
용서를 빕니다

빈말은 아니었는데
결과를 놓고 보니
오타였습니다.

— 〈오타誤打〉 전문

시란 어쩌면 이렇게 지우고 싶은 오타와 다르지 않을 것이다. 사랑한다고 곁에 있어달라고 고백을 하지만 그것은 잘못 쓴 말이다. 왜냐하면 그것은 나의 욕망이 시킨 가짜의 언어이기 때문이다. 당신과 나 우리 둘 사이의 진실은 말로 표현할 수도 말로 표현될 수도 없는 것이다. 그래서 정정하고 싶지만 그럴 수 없어 부정하고 싶다. 하지만 그 안에 또한 진실이 들어 있어 빈말은 아니다. 그렇지만 오타인 것은 분명하다. 내 말이 진실을 모두 포함할 수 없기 때문이다. 우리는 모두 진실 아닌 말을 하고 산다. 시도 역시 그렇다. 하지만 진실이 아닌 말을 반성하는 시는 그 진실로 다가가는 또 다른 언어이다. 항상 오타일 수밖에 없지만 그것은 빈말이 아닌 진실이 숨어 있는 오타이다.

4. 맺으며

산다는 것은 엄숙한 일이다. 하지만 우리는 그 사실을 잊고 살고 있다. 자동화된 일상과 남들을 바라보고 살아야 하는 경쟁 사회가 산다는 것에 대한 성찰의 시간을 우리에게서 빼앗았기 때문이다. 김상현 시인의 시들은 낮은 곳의 삶과 그곳에 사는 존재들의 슬픔을 통해 다시 한번 진지하게 삶의 의미를 돌아보게 한다.

낡은 옷은
내 옷이라는 의식이 남아 있어
못 버리고

낡은 신발은
내 신발이라는 의식이 남아 있어
못 버리고

함께 사는 여자는
내 여자라는 의식이 남아 있어
못 버리는데

당신네들은 용케도
나를 쉽게 버렸기에

참 자유롭습니다
고맙습니다.

— 〈고맙습니다〉 전문

　당신네들이 쉽게 버릴 수 있는 '나'는 누구일까? 아마도 그것
은 시이며 시인일 것이다. 상품과 사랑하는 사람은 우리의 욕망
의 대상이기에 버릴 수 없다. 하지만 시는 욕망을 위해 아무것

도 채워주지 못한 무용한 것이기에 우리를 자유롭게 한다. 그 시를 쓰게 된 시인이 고맙다고 인사를 한다. 이런 진실을 다시 한번 일깨워 준 시인에게 감사의 인사를 드린다. 고맙습니다.

바람의 등뼈

ⓒ 김상현, 2022

초판 1쇄 인쇄 2022년 11월 21일
초판 1쇄 발행 2022년 11월 30일

지은이 | 김상현
발행인 | 강봉자 · 김은경

펴낸곳 | (주)문학수첩
주 소 | 경기도 파주시 회동길 503-1(문발동 633-4) 출판문화단지
전 화 | 031-955-9088(대표번호), 9532(편집부)
팩 스 | 031-955-9066
등 록 | 1991년 11월 27일 제16-482호

홈페이지 | www.moonhak.co.kr
블로그 | blog.naver.com/moonhak91
이메일 | moonhak@moonhak.co.kr

ISBN 979-11-92776-08-8 03810

이 책은 세종특별자치시와 세종시문화재단 지원금으로 제작되었습니다.

＊ 파본은 구매처에서 바꾸어 드립니다.

문학수첩
시인선